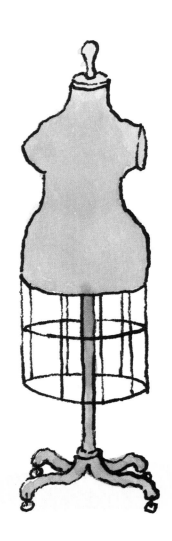

Irene, la valiente

William Steig

Traducción de Teresa Mlawer

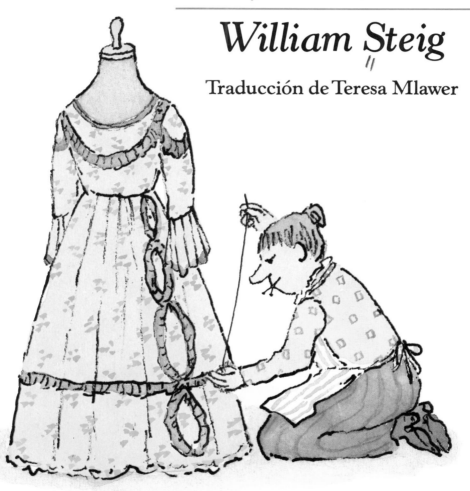

Mirasol · *libros juveniles*

Farrar, Straus and Giroux

New York

Para Jeanne

La señora Buendía, modista de profesión, estaba cansada y tenía un fuerte dolor de cabeza, pero aun así logró dar las últimas puntadas al traje de fiesta que estaba cosiendo.

—¡Es el vestido más bonito del mundo! —dijo su hija Irene—. Le gustará a la duquesa.

—Es elegante —admitió la madre—. Pero el baile es esta noche, mi cielo, y no me siento con fuerzas para ir a entregarlo. Me encuentro mal.

—¡Pobre mamá! —dijo Irene—. ¡Puedo llevarlo yo!

—No, tesoro, no lo puedo permitir—dijo la señora Buendía—. El paquete es muy grande y el palacio queda lejos. Además ha comenzado a nevar.

—Pero a mí me gusta la nieve—insistió Irene. Logró que su mamá se metiera en la cama, la cubrió con dos mantas y le puso una colcha sobre los pies. Le preparó un té caliente con limón y miel, y avivó el fuego de la estufa con más leña.

Irene sacó el traje del maniquí con mucho cuidado y lo guardó en una caja con bastante papel de seda para que no se arrugara.

—Abrígate mucho, cariño mío —le dijo su mamá con voz débil—. Y no olvides abrocharte bien. Fuera hace frío y sopla el viento.

Irene se puso sus botas forradas de lana, su gorro y su bufanda de color rojo, su abrigo de invierno y los guantes. Cubrió de besos la frente caliente de su madre y se aseguró, una vez más, de que estaba bien arropada. Tomó en sus brazos la caja y salió de la casa muy despacio, cerrando con firmeza la puerta a sus espaldas.

Fuera hacía realmente frío, mucho frío. El viento levantaba la nieve y los copos volaban en todas direcciones, dándole en la cara a Irene. Se encaminó cuesta arriba, en dirección al campo donde pastaban las ovejas del granjero Benedeto.

Cuando finalmente llegó, la nieve le cubría los tobillos y el viento soplaba cada vez más fuerte. El viento la empujaba y la hacía avanzar a trompicones. Irene estaba molesta, ¡ya tenía suficiente problema con la caja!

—¡Ten cuidado! —amenazó al viento, arremetiendo enérgicamente contra él.

A mitad de camino, la nieve comenzó a caer más espesa. Y el viento arreció tanto que la pobre Irene iba dando saltos y tumbos, tratando de mantener el equilibrio y no caer. La nieve fría se le metía en las botas y tenía los pies congelados. Se mordió los labios y siguió adelante. La suya era una misión muy importante.

Cuando la niña llegó al Camino de las Manzanas, el viento decidió lucirse. Desprendió con furia ramas de los árboles y las hizo volar en todas direcciones. Levantó la nieve caída y la impulsó con tal fuerza contra Irene que no la dejaba avanzar. Entonces la niña dio media vuelta y se abrió camino andando de espaldas.

—¡Regresa a casa!—chillaba el viento—. Irene, regreeesa . . .

—De ninguna manera—estalló Irene—. ¡No voy a darte este gusto, viento maldito!

—Re-gre-sa—rugía el viento—. REGRESA A CASA o ya verás. Por un segundo Irene se preguntó si debía o no rendirse a las amenazas del viento. Pero ¡NO! *¡Tenía que entregar el vestido a la duquesa!*

El viento trataba de arrebatarle la caja: la aplastaba, le daba vueltas, la sacudía. Pero Irene no cedía.

— ¡Es el trabajo de mi mamá! — gritaba.

De repente, el viento le arrancó la caja de las manos y la lanzó rodando por la nieve. Irene salió corriendo tras ella.

Se abalanzó y logró alcanzar la caja, pero el maldito viento se la rompió.
El traje de fiesta salió volando, como si estuviera bailando un vals en el aire
empolvado de nieve con unos compañeros de papel de seda.

Irene se aferró a la caja vacía, mirando cómo el traje desaparecía.

¿Cómo podía suceder una cosa tan horrible? Los ojos se le llenaron de lágrimas, que se le congelaron en las pestañas. Todo el trabajo de su querida mamá, todos aquellos días de medir, cortar, marcar y coser ...¿para qué? ¡Y la pobre duquesa! Irene decidió que tenía que continuar aunque sólo llevase la caja vacía, y explicar personalmente lo sucedido.

Avanzó arrastrando los pies por la nieve. ¿Entendería su mamá que había sido culpa del viento y no de ella? ¿Se enfadaría la duquesa? El viento parecía aullar como una bestia salvaje.

En un descuido, Irene dio un paso en falso, cayó y se torció el tobillo. Le echó la culpa al viento.

—¡Basta ya! —le riñó—. Ya has causado bastante daño. ¡Lo has estropeado todo! *¡Absolutamente todo!* —El viento engulló sus palabras.

Muy dolorida, se sentó en la nieve: temía no poder seguir adelante. Al fin logró ponerse en pie y continuar camino. ¡El tobillo le dolía muchísimo! ¡Qué lejos quedaba su hogar! Y le hubiera gustado tanto estar allí, junto a su mamá, al calor de la lumbre . . . El palacio tenía que estar ya cerca, pensó. Pero, con tanta nieve, ¿cómo iba a encontrarlo?

Avanzaba despacio, trazando surcos con el pie lastimado. El corto día de invierno llegaba a su fin.

—¿Estaré avanzando por el camino correcto? —se preguntaba. No había nadie a su alrededor que se lo pudiera indicar. Quienquiera que habitara en aquel mundo, cubierto de nieve, estaría lejos, muy lejos, e incluso los animales se habían resguardado del frío en sus guaridas. La niña siguió caminando fatigosamente.

La noche descendió de repente. Pero aun así la niña sabía que la nieve continuaba cayendo: la sentía. Tenía frío y estaba sola en un lugar desconocido. Irene se había perdido.

Tenía que seguir andando. Quizás encontraría una casa, cualquier casa, que le abriría sus puertas. Necesitaba, sobre todo, que alguien la estrechase entre sus brazos. La nieve le llegaba por encima de las rodillas. Avanzaba a trompicones, aferrada a la caja vacía.

Se estaba preguntando cuánto tiempo más podría resistir una persona tan pequeña como ella, cuando se dio cuenta de que clareaba a su alrededor. Era un resplandor muy tenue, que procedía de algún lugar más bajo.

Avanzó con dificultad en dirección a la luz, y pronto pudo contemplar, al final de la pendiente, una mansión toda iluminada. ¡Tenía que ser el palacio!

Irene se abalanzó con todas sus fuerzas hacia adelante y —¡catapum!— se precipitó pendiente abajo y quedó enterrada en la nieve. Se había caído por un pequeño despeñadero. Sólo su gorro y la caja que sujetaba entre las manos sobresalían de la nieve.

Aunque pudiera pedir ayuda, nadie la oiría. Tiritaba de pies a cabeza. Le castañeteaban los dientes. ¿Por qué no morir congelada y terminar con tanto sufrimiento? ¿Por qué no? Ya estaba casi enterrada.

¿*Y no volver a ver nunca el rostro de mamá?* ¿De su querida mamá, que olía a pan recién horneado? En un arranque de furia, dio un salto que la dejó libre, y pudo al fin ponerse de rodillas y mirar a su alrededor.

¿Cómo llegar allí abajo, hasta aquel palacio relumbrante? No había terminado de hacerse la pregunta, cuando ya sabía la respuesta.

Puso la caja en la nieve y se encaramó en ella, pero con el peso la caja se atascó. Lo intentó una vez más y, en esta ocasión, subió a la caja de un salto, y la caja salió disparada como un trineo.

El viento soplaba con fuerza contra Irene, pero ya no la podía detener. En poco tiempo estaría de nuevo entre seres humanos, dentro del palacio caliente. El trineo aminoró la marcha y se paró justo ante un pavimento de piedra.

Había llegado el momento de darle la mala noticia a la duquesa. Con la caja apretujada contra el pecho, Irene se encaminó nerviosa hacia el palacio.

Pero de repente se le paralizaron los pies y quedó con la boca abierta. No lo podía creer. Quizás era todo un sueño; pero no, allí, un poco hacia la derecha y abrazado al tronco de un árbol, ¡estaba el vestido de noche! El viento lo sujetaba.

—¡Mamá! — gritaba Irene — .¡Mamá, lo he encontrado!

Logró como pudo, a pesar de las interferencias del viento, bajar el vestido del árbol y colocarlo dentro de su caja. Y en un momento estaba frente a la puerta del palacio. Llamó a la puerta dos veces con el picaporte de bronce. La puerta se abrió y la niña se precipitó dentro.

Toda la servidumbre la recibió con alegría, y la duquesa estaba encantada. No podían creer que Irene hubiera venido sola bajo aquel temporal. Tuvo que contarles lo sucedido, con todo lujo de detalles, y lo hizo.

Después rogó que la llevaran a su casa, junto a su madre enferma. No era posible, opinaron todos. El camino que rodeaba la montaña no quedaría limpio hasta la mañana.

—No te preocupes, pequeña —dijo la duquesa—. A estas horas, tu mamá seguramente estará durmiendo. Te llevaremos allí a primera hora de la mañana—. Le sirvieron una magnífica cena, junto al fuego, mientras se secaban sus ropas. La duquesa, entre tanto, se puso su vestido, recién planchado, antes de que los invitados empezaran a llegar en sus trineos.

¡Qué baile tan maravilloso! La duquesa, en su vestido nuevo, parecía una estrella relumbrando en el cielo. Irene, con su sencillo vestido, estaba radiante.

Los más distinguidos aristócratas la sacaron a bailar, y tuvieron la precaución de mantenerla con los pies en el aire para que no le doliera el tobillo lastimado. ¡Cuánto iba a disfrutar su mamá cuando se lo contara todo!

A la mañana siguiente, mucho después de que la nieve hubiera cesado de caer, la señora Buendía despertó de una buena noche de descanso, sintiéndose mejor. Se apresuró a encender el fuego de la estufa, que estaba fría. Entonces fue al cuarto de Irene.

¡Pero la cama de Irene estaba vacía! La madre corrió hacia la ventana y contempló el paisaje cubierto de nieve. Fuera no había nadie. Un polvillo de nieve caía de la rama de un árbol.

—¿Dónde está mi niña? —lloraba la señora Buendía, y se echó el abrigo encima para ir a buscarla.

Cuando abrió la puerta, se topó con una ventolera de nieve. Pero, al fijar la vista, pudo ver que se acercaba un trineo tirado por caballos. Y sentada en el trineo, entre dos sirvientes, estaba la misma Irene, soñolienta pero contenta.

¿Te gustaría conocer el final?

Pues bien, en la parte trasera del trineo venía un médico que tenía barba. Y la duquesa había enviado, para la mamá de Irene, un delicioso bizcocho de jengibre cubierto de nata, algunas naranjas, una piña y caramelos de menta, junto con una nota donde le daba las gracias por aquel vestido tan bonito y le decía lo valiente y lo cariñosa que era su hija Irene.

Esto, desde luego, la señora Buendía lo sabía perfectamente. Mejor incluso que la propia duquesa.